KB189570

목련화 피는 언덕

목련화 피는 언덕

2025년 4월 18일 제 1판 인쇄 발행

지 은 이 ㅣ 임상옥
펴 낸 이 ㅣ 박종래
펴 낸 곳 ㅣ 도서출판 명성서림

등록번호 ㅣ 301-2014-013
주   소 ㅣ 04625 서울시 중구 필동로 6(2층·3층)
대표전화 ㅣ 02)2277-2800
팩   스 ㅣ 02)2277-8945
이 메 일 ㅣ msprint8944@naver.com

값 15,000원
ISBN 979-11-94200-89-5

목련화 피는 언덕

임상옥 시집

도서출판 명성서림

첫 시집을 출간하며

한 편 두 편 써 내려가면서 모아 두었던 작품을 어느덧 한 권의 개인 시집으로 엮어 출간하였습니다.

독자의 마음에 평온하고 행복하게 다가갔으면 하는 바람입니다.

희망의 끈을 놓지 않고 수 없이 갈망했던 첫 시집이기에 많이 미숙하여도 아량으로 보듬어 주시길 바라며, 더욱 더 좋은 글로 발전해 나가기 위해서는 공부를 끊임없이 해야 됨을 새삼 느낍니다.

처음 작품을 시작할 때는 저희 어머니께서 돈도 안 되면서 스트레스 받으며 힘들게 시를 쓴다고 하시던 분이 지금은 후원자가 되어 아낌없이 도와주셔서 많은 힘이 되어 즐거운 마음으로 작품 활동을 하며 여기까지 오게 되었습니다. 저의 이런 모습을 보시며 행복해 하시는 어머니를 뵈면 광채가 빛나는 천사로 보입니다,

- 어머니 사랑합니다 =

　많이 부족한 저를 등단의 길로 인도하시고 현재까지도 열정적으로 이끌어주신 임세순 박사님, (사)한국창작문학인협회 심의표 이사장님, 김병렬 편집주간님, 홍갑선 인천지부장님, (사)한국문인협회 문현준 문인복지위원회 위원장님께도 감사의 말씀드립니다.

　또한 포천 일동 필로스CC 골프장 안병균 회장님, 박순희 감사님, 홍성인 대표님 그리고 늘 힘내라고 응원해주시며 함께 고생하는 식음팀 홀/주방 직원분들, 필로스CC 모든 직원 분들 특히 사랑하는 김현경님께도 감사의 말씀드립니다.

　- 감사합니다 -

2025년 봄
저자 임 상 옥

2

목련화 피는 언덕

3

4

가을비 내리던 날

5

6

1부

분홍꽃불 만개한 언덕

가을날의 바람이여

청명한 달밤에
가을바람 찬바람
온몸을 움츠리게 하고
달빛은 발산하고 있다

청아한 대지 위에
별빛도 어울려
맑은 하늘은
평화롭게 비추어 준다

세상흐름도
달님과 별님처럼
밝은 미소로
천지를 맑게 기원하네

가을날의 바람은
인간들의 욕망을
억제하지 못한
아쉬움을 남기고 있다

한강의 유람선 춘풍을 싣고

역사 깊은 강변의 풍경
발전된 관광 명소 되어
유람선은 오락가락
한강물 위에 떠가고

한강의 기적 속
세월 따라 변하는 풍경
옛 추억 속에 미개한 풍경
새로운 발전상 추억의 그림자

세계에 명소 되어
관광의 풍광도 새롭고
하늘을 치솟는 아파트들
한강변 높은 빌딩 아름답네

강변의 주변 아름다운 경관
옛 추억 그늘에서 회상의 기억들
개선의 변화 관광명소 되었구나

이제는 한강의 기적을 추억 속에 잠긴다

꽃등 켜놓고
- 목련화 -

매년 찾아오는 봄소식
뒷동산 언덕에 올라서면
만개한 꽃들을 만져주고
수많은 꽃들 중에
목련화가 으뜸이라

목련화의 연정 속에
님 그리워 기다리듯
행여나 못 오실까
노심초사 그리움
목메어 몸부림친 목련화여

향기 발산한 꽃들 중에
매혹되어 잊으실까
밤길에 넘어질까
꽃등 켜놓고 기다리는 마음
몸단장 곱게 하고 초조한 마음

벚꽃 만개한 길목

지역마다 길목에
만개한 꽃들의 풍경

실바람 밀려오면
낙화 풍경 아름답고

한겨울 눈송이처럼
함박눈 내리면

관광객들의 즐거움
벚꽃 축제 추억을 남긴다

분홍꽃불 만개한 언덕

등산길에 올라서면
산천의 풍경 아름답고
진달래 향기 속에
마음이 평화롭다

실바람 밀려오면
꽃잎들이 낙화한 풍경
바람 따라 향기도
재 넘어 밀려간다

분홍꽃불 만개한 언덕
맑은 공기 호흡하며
일상에 찌든 온몸을
청소하며 휴식한다

말 없는 세월은 흘러가고

세월은 흘러가고
남겨논 일들은 쌓이는데
원망도 있겠지만
무정한 세월은 흘러만 간다

목적을 이루지 못한
지나온 만사가
속절없이 지나가버린
후회도 미련도 많았다

잡을 수 없는 세월을
어찌 할까나 다시 오마
손짓만 하는구나
아쉬움만 남겨놓는다

고요히 흘러가는 한강수야

한강물 흐름이여
역사 속에 남겨둔
긴 세월에 발전된 모습
이제는 관광 명소되어
세계적 기억에 남음이여

고요히 강물은 흘러만 가고
물위에 유람선 유유히 바람 따라
유회하는 관광 유람선
환호의 물결도 즐거움을 안겨주고
한강의 추억을 남긴다

옛 추억 그 자취에
소멸되어 그리움을 남기고
발전된 강변의 풍경 속
강변의 발전도 많은 변화가 있다
강변의 휴식처가 평화의 장소다

비 내리는 전라선

고향 찾아 KTX를 타고
만사는 뒤에 두고 행차 길
오랜 세월 흐름 속
추억만 아롱거리고
지역마다 발전된 경관

이제는 지방도 건축허가 변화가 와서
고층 빌딩 발전된 모습
아직도 미개한 지역도 있고
많은 세월 흘러가니 발전도
개선되어 변화가 명소를 만들었다

수많은 세월 흘러가고
개선된 지역들 차 창문너머에는
많은 변화가 지역마다 훌륭하다
옛 추억 회상하면서 그리움만 남기고
후배들의 노력 대견하다

구례 관광 여행

옛 추억 속 그리움
변화의 지역들
개발된 발전을 바라보면서

지역의 명소 되어 관광지역
관람의 명승지 개발된 모습
옛날의 모습 간 데 없구나

고향 찾아가는 길목에는
유년시절의 골목길이
넓은 길로 변하였고

시간 단축 길도 변하여
초라했던 옛 집터는
온데 간데 없구나

고향의 옛 친구들
유년시절의 추억들만
아롱거리고 아쉬움만 남겼다

추위도 지난 내 그리운 산천의 풍경

옛 추억 발전이 덜된 시절
허기를 달래며 연명했던
추억들이 눈물겹도록
회상의 그날들을 생각하며
친구들 더욱 보고 싶구나

유년시절의 아픔마음
잊을 수 없는 고갯길
재 너머 오던 길목
푸른 물은 옛 그대로이고
산천의 풍경도 그대로인데

늙어간 인생의 길목에는
추억들만 사려있고
산천의 풍경도 변해 가는데
계곡의 물소리도 추억만 회상하게 하고
산새들의 울음소리도 구슬프게 들린다

가을바람에 낙엽 지는 소리

세월 따라 푸른 물도 변해가고
계곡물소리 구슬피 들리는 계절
청록색의 풀과 나무들도 힘을 잃어가며
엄동의 기후변화 세월 따라가는 풍경

실바람 밀려오니
우수수 낙엽 지는 소리
훗날의 기약이 있기에
미련도 없이 안녕한다

만물이 시들어 질 때면
가을바람도 밀려와서
낙엽들에게 훗날 보자 인사한다
후회도 남김없이 가련다

추억을 회상하며

매년 찾아오는 그날들
하늘에는 흰 구름 시름없이
오락가락 누구를 원망하는가

그저 약속 없는 친구들의 모임
그 추억은 그립고 보고 싶은 얼굴들
불러 봐도 대답 없는 이름이여

세월 따라 가는 인생의 삶
허무의 그늘에서 서성이며
갈길 찾아 헤매는 순간들

혼탁한 세상 옛 추억을 회상하며
그 시절을 망각할 수 없는 순간들
되새겨본 현실과 탐독해 본다

봄바람, 힘이 솟는 계절

춘삼월 향기 발산하며
동산에 꽃들의 풍광 새롭고
아름다운 꽃들이 만개하여
만인들에게 마음 즐겁게 한다

산천에 꽃나무들의 활기
몸단장 곱게 하고 몽실몽실
아름다운 미소로 향기발산하며
만인들을 영접한다

사계절 중 가장 힘 솟는 향기
인간과 연을 맺어 생동감 넘치고
봄바람 밀려오면 더욱 힘이 솟는다
꽃들은 향기발산하며 자주 오라 하네

춘풍春風에 봄소식 전해오면

꽃나무들은 활기 넘치고
몸단장 곱게 하며
많은 꽃들은
제 각각 향기 발산한다

길 잃어 못 오실까 근심걱정
밤에도 훤한 불 켜놓고
기다리는 꽃들의 향기
봄의 풍경이 아름답다

수많은 꽃들의 향기
제 멋에 취해 버리고
꽃들은 실바람에 어울려
발산하는 향기로 영접한다

세월 따라 흘러간 삶

앞뒤도 보지 못한 삶
일상에서 허덕인 나날
만사가 암울한 세상
목적을 위해 불철주야
노력하건만 결실을 보지 못한 삶

행여나 희망의 길을 찾아
순항할 수 있을까 기대의 마음
암울한 언덕길은 암흑 속에 잠들고
길 잃은 철새 되어
갈 길을 멈춰버린 현실 앞에 서 있구나

흘러간 세월아
새로운 힘으로 희망의 목적을 위해
인도해 주시기를 기도하며
망망대해를 바람 따라
유회하는 삶 기다리는 마음

운명運命

인생은 누구나 자신의 운명
가늠하지 못한 생애
암흑에서 헤어나 빛을 발할 때
자신의 운명이라 하겠지만
세월 따라 가고나면 후회만 남았지

자각의 잘못은 반성도 없고
남의 비판만 앞 세워
자신의 죄 감추려는 양심
인간 세상은 모두가
속임수에 매달려가고 있다

인간들의 기본 양심은
버리지 못한 근성
반성은 찾아볼 수 없고
국익을 생각하는 존경의 인물
찾아볼 수 없구나

행운 찾아 달려온 삶

목적이 있기에
불철주야 발버둥 치며
흘러간 세월 따라
주야청청 달 밝은 밤에도
달려왔건만 허무감은
온몸을 적셔오고

갈 길을 찾아 헤매면서
순간의 길목에서
서성이던 나날들
앞만 보며 왔건마는
희망은 절벽으로 스며들고
버릴 수 없는 희망이로다

언제인가는 희망의 결실이
온몸을 적셔줄 때
잊을 수 없는 곡예의 나날들
세월 흐름에 뜻을 이루리라
희망을 절규하는 마음
결심을 잊지 않으리라

희망은 나의 꿈

희망의 목적이 달성되면
새로운 기회 기대하면서
세상이 변하면 경제도 살리라
희망을 버리지 못하고

어려운 삶 속에서도
목적을 위해 극복하는 마음
아직도 갈 길은 멀고
길은 보이지 않는구나

이제는 만사를 접어두고
꾸준히 길 찾아 가고 나면
참된 길은 보일 것 같은데
기대하는 목적이 봉착할 것이다

내 인생의 행로行路

어두운 길목에서
행운 찾아 헤매일 때
보이는 것은 청명한 달빛
명랑한 달빛이 길을 인도한다

무지 속에서 희망의 길 찾아
밤하늘 별빛 바라보며
정처 없이 걸어가는 길목
외로움만 나의 발길을 멈추게 한다

길가에 포장마차
마음의 괴로움
한잔 술로 위로하며
몇 사발 먹고 나니 평화롭구나

인생의 삶 속에는
어려움이 접할 때
한잔 술이 적격이다
희망은 눈 앞에 보이니라

낙엽 따라 가는 인생의 길 뒤따라간다

인생은 추풍에 이기지 못하고
미련 없이 낙엽 되는 잎새
실바람에도 우수수 떨어진다

후회인들 없을까마는
가을바람 사정없이 밀려와
낙엽들을 쌓이게 한다

훗날 기약하며 소리 없이
낙엽 지는 소리 쓸쓸하게 보인다
매년 찾아온 추풍이로다

2부

목련화 피는 언덕

언제나 인생의 운명 찾아 오려나

운명 속에도 막혀 버리면
하늘만 우러러 보며
기대하는 희망의 꿈
길 잃어 못 오실까
노심초사하는 마음

희망이 절망일 때면
하늘만 바라보지만
목적을 버리지 않으면
언제인가 찾아온 운명
길은 반드시 찾아오리라

꾸준한 노력이 빛을 발할 것이다

정처 없는 길목에 서서

목적에는 희망의 길이
멀고 먼 길 세상이 변하면
의지할 곳은 까마득하고

길은 보이는데 실천은 멀구나
희망은 절벽 속으로 접어들고
가는 세월도 멀리 보이는데

언제나 꿈길을 찾을 수 있을까
세상은 변하고 흙탕물속에 서서
기적의 꿈은 보이지 않는구나

희망의 지푸라기라도 붙잡아 볼만하구나

밤하늘 달빛을 바라보며

무언 속에 달빛을 바라보며
여정의 그늘에서 일상의 생활 속
필요는 온 몸에 감돌고

날이 갈수록
생활고는 압박을 주고
아득한 꿈은 세월을 원망하며

고요하고 청명한 달빛은
내 마음에 힘을 주고
인내심 버리지 말기를 기원하노라

희망을 절규하는 길은 멀구나

목적을 위해 달려온 삶
손 안에 잡힐 듯 하면서도
세상이 어두워 갈 길은 멀구나
힘을 내어 달려 봐도

종종걸음 기대는 절벽 속
어두운 밤길을 걸어가고
세상 흐름도 막혀버린 현실 앞에
둥근달 밤은 내 마음 비춰준다

운명의 갈 길은 허무감을 안겨주고
초라한 달빛도 내 마음 아는지
별빛도 어울려 빛을 발산해 준다
평화로운 삶 기원하면서

서민들의 고통

천벌이 내리는 것인지
속임수 덫에 걸려
엄동의 깃털인가
생업에 어려움을 준다

일상의 그늘에서
주야로 얼어버린
대지 위에 활동 부진한
숨 막히는 순간들

일상의 길목에 멈춰버린
서민들의 어려움
고통의 그 맥락은
생업과 어울려간다

첫눈 내리던 추억의 그림자

청춘시절 첫눈 내리던 날 추억
친구들 약속도 없이 모인 장소
포장마차에 모여 한 잔 두 잔 마시다 보면
날이 새도록 취해버린 날
많은 세월이 흘러가면서도

그 추억이 그리워 회상하는 기억들
주머니 사정은 뒷전이고
허무감 속에 세월 따라 흘러가면서
젊음은 기억에 남아 회상하며
허무의 그늘에서 바라본 마음

세상은 권력의 틀 속에서
보이는 것은 무지의 세계
잘못은 뒤에 두고 제 못 채우며
서민들의 고통을 안겨주는 모습
세상은 요지경 속 하늘만 우러러 본다

결심은 버릴 수 없는 갈망의 꿈

쉼 없이 주야로 노력 했건만
목적은 수렁 속으로 빠져들고
세월도 변천의 나날들이
잡힐 듯 목적은 비웃기만 하고
갈 곳은 자꾸만 멀어져 가는데

세상의 변화도 실망 속으로
변해가며 으스름한 달밤에
유난스런 체조만 하며 실망을 주고
한걸음 다가서면 변화무상한
순간의 고통만 안겨준다

유년부터 청년시절
친구들과 즐거운 세월
희망의 꿈 내 몸에 사려있고
언제인가 목적을 이루리라
결심은 버릴 수 없는 갈망의 꿈

목련화 피는 언덕

화사한 봄날에
반겨주는 목련화여
그리워 언덕길에 올라서면
부드러운 미소로 영접하고
행여나 못 오실까 노심초사

어두운 밤길에 넘어질까
꽃등 밝혀놓고 기다림
향기 발산하며 옆집에 눈 돌릴까
질투심에 초조한 마음
선들바람에 앞만 바라보고 있네

밤하늘 뜬 구름도
오락가락 바람 따라 흔들리고
밤하늘 밤길에도 그리운 님 그려보며
주야로 기다린 목련화의 자태
미소로 향기 발산하며 님 그리워한다

고려산 진달래꽃

진달래꽃 축제 동산에 올라서면
향기 발산하는 만개한 꽃들의 활기
제각각 향기가 천지를 진동하고
아름다운 꽃들이 미소로 반긴다

뒷동산 등산길에는
화려한 꽃들의 향기가
등산객들의 마음을
활기 넘치게 하고

축제 분위기 고조되어
아름다운 풍경 속
활짝 핀 꽃들의 활기 새롭고
힘이 솟는 활기에 매혹된다

봄날의 여행

봄바람에 어울려
가고 싶은 곳 찾아 간다
마음 정한 곳 출발하면서

인생의 낙원인 추억 속으로
만인들이 즐겨 찾는 장소
향수에 젖어 즐거움 회상하며

내 안의 아름다운 곳은
인생의 낙원이 되어
추억 속에 남겨 놓고

봄날의 풍경 속에는
즐거움 남겨준 곳이 많다
가고 싶은 곳 찾아 간다

여름날의 풍경 속

여름은 매년 찾아온 계절
찌든 몸 청소위해 해변을 찾는다
정동진 맑은 물 추억을 회상하며
삶에 일상은 뒤에 두고 달려간다

만사는 잠시 멈추고
풍류로운 곳 추억이 그리워
저절로 어깨춤을 추며
즐거운 순간을 만끽한다

언제나 여름에는 그리운 곳이 많아
순간을 잊어가며
행복한 풍경 속에서 취해
행복한 추억에 잠긴다

산천에 계곡 물소리

봄소식 전해 오면
계곡에 올라가면서
물소리 처량하게 들려오고
산천의 풍경 평화롭구나

세상은 흙탕물 속
맑은 물은 먼 곳에서 흐르고
청명한 날에도 천지가 보이지 않네

언제나 맑은 날이 찾아오려나
고요히 흐른 물결도
물소리는 힘이 솟는데
인간세상은 암흑 속에서
하늘만 바라보며 한숨짓는가

앞 산에 뻐꾹새도
길을 잃고 헤매며
갈 길은 멀고
앞은 보이지 않는 길목에 서 있네

목적을 위해 갈망하는 길

문학인으로서 희망은 무엇일까
불철주야 노력의 결실은
정상을 목표로 행한다
당면 문제 해결부터 전력투구하며

생업의 일상에
발전의 변화를 집중하며
체험의 결실을 찾아간다

보이지 않는 길이지만
막다른 골목 까지
전진하며 달려가면서
가다보면 돌맹이에 넘어지고
일어나 다시 달려가면

흐르는 세월을 원망도 하면서
적막 속을 헤엄쳐 가며
목적은 보이겠지 하는 것이
보이지 않는 세상의 흐름

운명의 길 위에 서서
하늘을 우러러 한숨짓는다
인생의 운명이라 생각하며
멈출 수 없는 목적의 쟁취력이다

희망의 꿈을 안고

정상에 달려간 꿈
가는 세월 잡으려 말고
흘러간 대로 뒤따라가며
쉼 없이 가다 보면
꾸준한 발길이 멈추리라

희망은 노력 없이 성공 없고
불철주야 집중하면서
내 손안에 잡힐 날이 있으리라
만사는 집중력이 필요하고
인내의 결실이 찾아오리라

갈 길은 멀지만 직행로 보다
옆길을 택하면 목적은 다가온다
허송세월의 공백은 지나면 후회된다
힘을 집중해 나가면 손 안에
잡힐 날은 반드시 있으리라

갈망의 꿈

초고속으로 흘러만 가는 세월
목적은 멀어져만 가고
기회는 찾아오지 않는
허송세월 보내면서

마음은 급하고
잡을 수 없는 세월
하늘에 구름도
오락가락 비웃기만 하는

세상을 원망 하오리까
희망의 꿈은 담 너머에서
장단 맞추어 춤을 추고
굴레 속에서 서성이는 삶

인생의 허무 속에서

세상을 사노라면
만고풍상萬古風霜 어지러운 세상사
몸소 체험하며 인내의 힘으로
추억만 남기면서 세월이 흘렀구나

일상의 삶 속에서
지나온 기억 속에
하늘의 뜬구름 바라보며
원망도 많았고 넋두리만 남겼지

흐르는 세월 어찌할까나
허무의 그늘에서
감상의 기억들
잊으려 하건마는 잊지 못한

흘러간 삶을 되뇌겨 보면
후회만 남겨 있고
반성의 기회도 회상할 수 없는
촉석루에 앉아 회고하는 마음

인생의 운명이라 말하리
굴곡은 이렇게도 평탄하지 않는
세상 흐름 어찌할까나
하늘만 우러러 탄식의 소리만 들린다

내 삶의 반추反芻

급박한 일상에서
삶의 그 언저리 속에
잊을 수 없는 기억들
회상하면서 잘못들이
눈앞에 아롱거리고

목적에만 발버둥치며
수많은 세월을
허송했던 나날들
아쉬움을 남기면서

희망의 그늘에서
복잡한 일상이 너무 지겨워
만사를 포기했던 순간들
잊으려 하건마는 눈 앞에 아롱거린다

잡초 속에서 허덕이던 세월도
후회도 많았고 헤어나지 못한 꿈
발목을 잡는 것은 경제문제라
하루가 여삼추라 다시 힘을 내리라

봄소식 매화꽃은 솟아올라

동산에 매화꽃이 만개하고
활기차게 오르면서 향기 내뿜는다
매화꽃이 필 때면 봄날이 다가오고

길가에 찔레꽃도 활기 넘치고
향기 발산하며
부드러운 미소로 다가서네

개울가에 버들가지
너울너울 춤을 추고
개구리 율동하며 활동한다

춘삼월의 풍경

동산에 뻐꾹새 울음소리
처량하게 들려오고
해가 서산에 넘어가면
님 그리워 우는 건지
더욱 더 처량하게 들려온다

만개한 꽃들의 향기
제 각색의 향기 풍기며
봄소식 들려오는
언제나 춘삼월의 풍경
아름다운 미소로 영접한다

봄바람이 밀려오면
동산의 풍경도 아름답고
만물이 소생하며 산천은
활기찬 힘으로 생동감 넘친다
매년 춘삼월을 그리워하는 계절

낮에 우는 뻐꾹새는 밤에도 우는가

낮에 우는 뻐꾹새는
하루 종일 놀던 벗들은
날이 저물면 제 집 찾아가는데
홀로 남는 외로움 너무 쓸쓸해
달 밝은 밤이면 님 그리워 울고 있네

처량하게 들려오면
님을 찾아 모여 들어
계곡 물소리도 우렁차게 들려오고
뻐꾹새들은 조잘대며 모여앉아
외로움을 달래고 있네

청명한 달밤이면
외로움도 잊은 듯
뻐꾹새 울음소리
들을 수가 없구나

3 부

봄바람이 밀려오면

청산에 등정하면서

세상이 어수선 해도
마음도 혼란스러워
청산에 수목들은
평화롭게 활기차고
산천의 풍경은 아름답구나

산새들은 조잘대며
등산객들 영접하며
선들바람 밀려오니
나뭇가지 흔들거린다
활기찬 초목들을 바라보며

잡새들의 울음소리
만사를 망각하고
자주오라 울어 댄다
자연의 풍경이란
언제나 평화롭구나

소쩍새 우는 밤

일상에 허덕이던 밤
집으로 돌아오는 길목에
녹음이 짙어진 계곡에서
외로이 울어대는
소쩍새 울음소리

갈 길을 멈추고
계곡을 바라보며
세상 흐름도
인간의 삶도
허무 속에 잠들어 버린

고통의 늪에서
망망대해를 바라보는 마음
구슬피 울어대는 소쩍새
외로움과 동조의 감각
생동력은 공생인 것 같구나

춘삼월 꽃피는 언덕에서

봄바람에 춤을 추고
춘삼월 봄빛
생동감 넘치며
활기찬 나무들도
힘이 솟는다

산천에 풍경도
새로워지는데
세상의 흐름은
암흑 속에서 허덕이네
언제나 맑은 날이 오련지

나무 위에 잡새들
노래 불러 영접하고
춘풍이 밀려오니
흔들거리며 춤을 추고
청록의 나무들도 환영한다

산천의 초목들이
활기 넘칠 때면
계곡에 흐른 물소리
개나리 어울려
흔들거린다

목련화 피는 동산의 향기

동산에 올라서면
활기 넘친 꽃들 중에
목련화가 으뜸이라
부드러운 미소로 영접한다

찌든 일상에서 휴식의 장소는
산천의 풍경 속에서
산소 호흡하며 잠새 울음소리
계곡물 흐른 소리 들으며

발산하는 꽃들의 향기 속에
평화로운 마음으로
휴식 공간이 된다
만사는 뒤에 두고

자주오라 손짓한다
생업에 종사는
언제나 여유 공간이 없다
잠새들도 환영의 울음소리

무궁화 꽃은 귀한 우리나라의 꽃

대한민국 국화꽃
향기는 없다 해도
국화의 빛발하고
무궁화 꽃은 영원한 꽃

삼천리 방방곡곡 존중한 꽃
길가에도 골목길에도
활기차게 피어있는 무궁화꽃
온 국민들 자랑스럽게 보인다

세계에도 인정한 꽃
국민들의 존경의 화신
자랑스러운 국화꽃
한국의 국화로다

뒷동산 길목에서

봄 동산에는
만물들이 소생하여
힘이 솟는 계절에
등산객들을 만난다

실바람 밀려오면
산새들의 울음소리
언제나 등산길은
평화롭고 길목에는
만개한 꽃들이
부드러운 미소로
향기 발산하며
자주 오라 손짓하고

일상에 매달려
휴식 공간이 없을 때
경제부진은 지속되고
헤어나지 못한 순간들이
마음을 조이고 있다

춘삼월이 찾아오면
휴식 공간을 찾아
산천의 풍경 속
강물과 계곡을 물색한
공기 좋은 곳을 선택하여
온가족 출발한다

푸념의 강

세월은 말도 없이 흘러만 가고
갈 길은 멀고 장벽은 쌓이는데
너무 험난하여 갈 길을 멈춘다

목적은 먼 길인데
희망을 멈출 수 없고
변화의 길을 찾아가려 한다

뒷동산에 올라가서
흐르는 한강수를 바라보며
갈 길을 멈출까 한숨만 절로 나고

세월은 속절없이 흘러가면서
한강수도 뒤따라 오라 하네
참된 세상 내 몸에 사려오면

망각할 수 없는 희망을
다시 힘을 내여 오라 하네
흘러간 한강수야 뒤 따라 가련다

존경하는 선생님들

유년 시절부터 성장까지
제자들을 인도하신 선생님들
잊을 수 없는 존경심

성장하며 희망의 꿈
길러주신 선생님들의 은혜
영원히 간직하리라

참교육에 성공의 길
인도하시고 온 정성 다하여
희망의 문을 열어주신 선생님들

인성교육을 망각하며
불실한 길을 선택한
후배들에게 참교육을

외면해 버린 후회도 많겠지만
다시 힘을 내어 인도하신 선생님들
영원히 잊지 않아야 하리라

어머님 전상서

풍족하지 않은 어린 시절
어머님의 품 안에서
길러주신 어머님
주야로 사랑으로
건강을 보살피는 어머님

잊을 수 없는 어머님의 은혜
일상에 잘못 있을까 근심 걱정
어머님 건강을 생각하지만
흐른 세월 변화의 나날이
효도 못한 죄책감 죄송스러워

어머님의 정성어린 모성애
세월만 흘러 보내고
불효의 마음만 앞서네

어머님의 건강을 기원하며
만수무강 하시기를 기원합니다

사랑의 늪에서 헤어나지 못한 꿈

진실한 사랑을
꿈속에서 헤매고 있다
일생동안 진실한 마음
찾기 어려운 세상

사랑의 꿈은 사라지고
참된 사랑 찾는 마음
외로움만 더욱 간절하게 한다
인생의 동반자 경제가 막는다

영원한 사랑은 상면도 어렵다
경제가 가로막고 있기에
꿈은 저 먼 곳에서 바라보며
경계심만 가중되고 있는 세상이다

봄바람이 밀려오면

밀려오는 봄바람에
화사한 봄소식 전해오고
동산에는 꽃 들이 활짝 피어
향기 내뿜고 아름다운 미소로

등산객들을 반기고
찔레꽃 향기는 모양새가
아름답고 발산한 향기가
강하게 풍긴다

뒷동산 정상에 올라서면
활짝 핀 꽃들이 흔들거린다
사랑 찾아오신 손님 아름답게
향기 풍기며 자주오라 손짓한다

벚꽃 활짝 핀 길목에서

봄바람 속에는
지역마다 골목에
활짝 핀 벚꽃 축제
많은 인파속에 서서

실바람 밀려오면
떨어지는 꽃잎 추억 속
한 겨울 함박눈처럼
우수수 낙화의 풍경

아름다운 엄동을
연상케 하고
연인들 손을 잡으며
추억 속을 회상하면서

봄소식은 언제나
아름다운 풍광을 보여준다
꽃들의 향기도 온 몸을 적셔주고
추억은 그리움으로 기억한다

산천초목들의 활기

등산길에 올라가며
초목들을 접하는데
활기찬 나무들의 생동감

정상에 올라가며
계곡 길로 등정하면서
물소리는 힘차게 들린다

정상에 올라서면
천지가 황홀한 풍경 속
마음이 확 트인다

겨울산을 보며

가속으로 흐른 세월도
추수철 지나가고
엄동의 설풍으로 들어간다

소리 없이 내린 눈송이
백설이 내린 대지 위에
노루 한 쌍 잘도 뛰어간다

눈 덮인 산천에
고요한 밤하늘에도
별빛만 빛을 발산하고 있다

가을 들녘에 서서

황금빛 가을들판에
추수철의 농촌 풍경
기계화된 농민들의 활동

속성으로 추수를 마감하며
위치에 따라 완료된 농토
잡새들의 먹이 사냥

먹고 나면 휴식처로 행하고
해 저문 들판에 생존경쟁에
싸우던 모습은 간데 없고

휴식처로 갈 때면 소리 없이 간다
기러기 떼는 두 눈을 부릅뜨고 내려와
먹을 때는 요란한데 갈 때면 일렬로 가는구나

추수를 마감하며

들판의 기러기 떼
일렬로 내려와
싸우면서 먹이 사냥 후
일렬로 날아간다

생존경쟁에는 싸우지만
인간사회와 동일하고
짐승들과 인간사이
공생하는 생명체는 동일하구나

들판의 풍경도
짐승들의 싸움터
생존경쟁의 존재는
동일성이 있구나

엄동설한 산천의 풍경

등산길에 정상에 올라서면
힘은 들지만 천지가 평화롭고
계곡에 흐른 물소리
처량하게 들려온다

고요히 잠든
나무들의 속삭임
잡새들의 지저기는 소리
바람결에 흔들거리고 있다

만물이 시들어 힘을 잃을 때
다음 계절 기대한 마음
조용히 휴식하며
나무들의 휴식공간이다

첫눈 내리는 날 포장마차

매년 첫눈내릴 때면
추억을 회상하며
약속 없이 길을 나선다
갈 곳은 추억 속에 잠겨 있는 곳

가로등 불빛 아래
포장마차 정착하여
약속 없는 친구들 모여
회포를 나눈다

추억은 언제나 그립고
변고 없는지
친구들 안부 장소이며
생업에 발전의 협의 장소다

먼저 만난 친구들의 환호소리
정감이 짙은 친구들의 목소리
언제 들어도 그 목소리 그리워
추억을 버릴 수 없는 친구들의 우정

소래포구의 추억

친구들 모이면 소래포구로 간다
소래포구 선창가에는 물 때 보며 간다
어선들 어장배가 도착하면
싱싱한 회 먹으며 만취 되여 귀가한다

언제나 그 추억이 그립구나
어선들이 밀물에 선창가로 들어온다
만선이요 외친소리 정감이 있고
살살 녹는 회들이 술잔을 들게 한다

싱싱한 회에 소주가 제격이다
친구 몇 명이 앉아 몇 병은 없어지고
얼큰하게 취한 몸 노래 가락 절로 나온다
인생의 생활 속에 추억들이 남겨 있다

잃어버린 반세기

한이 맺힌 반세기 넘어
동족의 비극은 퇴색해 지고
한민족의 봄은 멀기만 한데

이산가족 부모형제들은
먼 길 떠나면서 뒤돌아 보는 모습
눈물로 상봉의 추억만 남기면서

많은 세월 지우고
그리운 고향산천
찾아볼 날 언제일까

아직도 고향의 얼은
찾아볼 날 언제일까
한반도의 잃어버린

반세기 넘어 기대하는 마음
민족의 뿌리 상면의 기회
있으련지 기대하네

4부

가을비 내리던 날

강화도의 역사를 탐독하며

옛날 죄인들의 유배지 강화 섬
이제는 육지 되고
작은 섬도 육지 되었다
과거와 현실의 변화

발전의 길목에 서 있다
세월이 흘러 갈수록 변하는 세상
과거보다 미래 지향적 발전
고인이 되어버린 선배들의 활동력

이제는 후배들의 활동에
많은 발전이 보이고
희망의 길목에는 변화가 온다
국제적인 발전과 서울과 연결고리

경제가 미궁에 어려움 안겨주고 있다
세상이 변화가 오면 경제변화가
눈 앞에 보이는 시기상조이니
후세에 길이 보일 것 같구나

세월 앞에서

지나온 삶 회상하며
고난의 세월도
잊어버린 세월도
회상하는 기억 속에

추억을 생각하며
흘러간 세월 망각 속으로
미련은 마음속에서 지우고
새로운 삶의 길 찾아간다

목적은 살아 숨 쉬는데
행로는 무인지경
갈 길은 멀다 해도
지속적 집념 살아 숨 쉬고

망각하지 않는 목적
돌진의 근원 살려
한 걸음씩 다가선 길
심사숙고하며 가련다

사모하는 마음

한 시절 한 때 사모했던 여인이여
나 홀로 연정을 간직하며
수많은 세월 지나고
이제야 상면하는 마음

연민의 정은 살아 숨 쉬고
옛정은 보이지 않네
세월은 흘러가도 못 잊어
그리운 님 생각 잊을 수 없고

마음의 정표는 내 몸에 사려있고
이제는 정다운 우정이 친구 되어
기회 있을 때면 상면을 바라면서
봄바람은 내 어깨를 스치어 가네

가을비 내리던 날

들판을 지나던 어느 날
난데없이 먹구름 밀려와
소리 없이 내리는 소낙비

온 몸을 적시며 발걸음을
재촉 하건만 몸은 무거워
달려 갈 수도 없고

비에 젖은 몸무게는
더욱 무거워
발걸음 포기하며

중심을 잃고 걸어가는
내 모양새를 하늘을 보며
웃음 지우고 걸어가는 경험

추억은 그리움으로 기억하고
비오는 날이면 옛 추억을
그려 보면서 회상해 본다

낙엽 지는 소리

찬바람이 밀려오니
우수수 낙엽 지는 소리
차곡차곡 쌓이네

한 시절 공존했던
나무들의 고마움
영양소나 되려 하네

겨울 강을 건너
봄이 오는 기대 있어
비록 이름 없이 죽어가도

한 계절 짧은 생애
대지 위에 잠든 운명이여
환생이나 하고져

추수秋收를 감상하며

온 들판에 오곡들
황금색으로 변한 순간은
기후변화로 급속히
수확 시기로 변한다

추수가 지나면
농부들의 행복감
평화로운 마음으로
휴식의 순간이 된다

오곡들 추수 후에는
정부 지원금 정리하며
농민들의 한숨소리 들리는가
농민들의 삶은 언제나 고난의 세월

포장마차의 추억

서민들의 쉼터
포장마차의 추억
마음이 괴로울 때
찾아간 포장마차

일병 먹고 나면
친구들 모여앉아
소감을 나누고
취해 버린 추억들

이제나 저제나 하는 것이
수년의 세월 지나고
이제 와서 보이는 것은
무지 속 망각할 수 없는 세월

겨울 바다

외로운 마음 달래려고
바닷가로 달려간다
백사장에 홀로 앉아
깊은 신음할 적에
먼 바다 수평선을 바라본다

출렁이는 파도를 보면
마음도 울렁인데
폭풍우가 밀려오면
파도는 더욱 강하게
높이 올라 내려앉고

출렁이는 파도는 모래밭에
앉아있는 내 마음을 흔든다

여름날의 풍경

먼 산에 아지랑이
아롱거린 산천의 풍경
한낮의 더위는 체온을 높여 주네

물을 찾아 바다로 달려가면
바닷가 모래밭은 언제나
정감이 깊은 추억을 남기고

여름이 지나고 나면
가을의 풍경 속에
오곡의 풍요로움
더위는 숙연히 잠들어 버리겠지

한강변 오색등불 관람

밤하늘에 한강변 길을 걸어 가 본다
강변에 오색등불 찬란한 불빛
고요히 흘러간 한강물을 바라보며
옛 추억만 그려 본다

인간 시회도 말도 없이
강물처럼 평화롭게
흘러갔으면 하는 마음
부드러운 협력 체제를

기원하는 세상을 바라며
개인의 의욕보다 온 국민들을
존경하는 구도가 형성되기를
두 손 모아 빌어 본다

지난날을 회상하면서

흘러간 세월 속에도
고독의 긴 여정
내 마음 위로의 순간들

미래에 초석이 되어
희망을 안겨주며
외로움 달래준 친구들

잡초들을 선도해 준 교훈
희망을 가득히 안겨주며
지도편달을 아낌없이

참마음 보여주신
교육인들의 열정에 감복하며
후세에 영원히 감복하리라

삶의 길

인간의 삶 그늘에서
발버둥치며 달려온 생애
혼탁 속에서도 제 갈 길을 찾아
숙연히 달려온 나날들

목적의 근원이 있기에
삶의 길을 극복하면서
인내의 힘으로 이겨 내온
기억의 뿌리 간직하며

찾지 못한 아쉬움을
뒤 돌아 보면서 자성하며
일보 전진의 기회를
반성하면서 걸어간다

꽃 피는 봄날

진달래꽃 무리 속
외로이 서 있는
길가에 한그루 진달래꽃
옆을 지나가니 안녕한다

향기를 발산하며
미소로 접하는데
향기가 내 마음 속으로
스며들며 포근하게 안긴다

진달래꽃 한 송이
꺾어들고 만져주니
향기를 발산하며
자주 오라 인사한다

녹수綠水를 바라보며

마음이 허전하여
등산길에 올라가면
산천은 그대로 인데
녹수는 말도 없이 흘러간다

세상은 무지 속에서 허덕이고
원망의 소리만 들려오며
변명곡 들만 난무하며
통곡소리는 담 너머에서 들린다

생애 한번 실수가 오점을 남기고
누구의 잘못이련가
자신의 잘못은 숨기면서
발산하는 변론의 모습 아쉽구나

고향 산천을 찾아서

산천은 옛 모습 그대로이고
흐르는 강물도 변함없는데
인간의 삶은 이렇게 변하였구나

개발의 발전상을 보며
천지는 요동치고
추억의 그림자는 찾을 길 없네

그리운 강산아 힘차게
웃어나 보렴 변화무상한 세상
너는 알겠지 옛 그림자를

산천초목이 변하는 계절

산천초목이 황색으로 변하면
추수도 오곡들의 수확
새로운 삶에 힘을 주고 있다

만물이 생동감 넘쳐도
뜻을 이루지 못하면
아니하건만 못하리라

다음 계절 변화가 오면
인간의 삶속에도
발전의 기회가 오리라

청산에서

청산은 짙어진 녹음이요
계곡물소리 힘차게 흐르고
지역에 따라 물소리 변한다

언제나 계절 따라
인생의 낙을 심어주고
한 잔 술에 취하게 한다

옛 추억 속에 회상하는 기억들
친구들 생각 추억들이 그립고
보고 싶어 불러본다

어느 섬마을 여행

외로운 섬 인간들의 삶속에
고기잡이 어장 배 먼 바다
어로 작업 중에 갑작스런
풍랑이 밀려오면
의지할 곳 없는 검은 바다

배는 파산 되어 인명은 구제불능
어느 날 한마을 지나가면서
합동 위령제 현자를 보며
슬픔을 목견한 순간이 있었다
마을에 제사는 한날 한시가 된다

행여나 찾아올까 뱃길을 바라보며
가족의 원한을 먼 바다 바라보며
망부석이 되어 버린 비문들을 보면서
인간의 삶을 더욱 소중함을 느꼈다
어부들의 삶은 언제나 고난과 위험의 연속이다

여명黎明의 종소리

흑암에 묻혀 허덕인 세월
경제는 미궁에 잠들어 있고
헤어나지 못한 세월
빈곤의 아픔 원망스럽고

직장을 잃고 허덕인 시간들
서민들의 고통 심화되어
새로운 세상을 갈망 하지만
권력은 눈만 어두워 있네

갈 길은 멀고
목적은 보이지 않으니
한숨이 절로난다
이제는 어찌 할까나

순풍에 돛단배는
바람 따라 잘도 가는데
바람이 잠들어 버리면
돛단배는 길을 잃고 만다

보리밭을 거닐면서

옛 추억 속에 유년의 시절
보리밭 밟아주며 거닐던 추억
딱히 먹을거리 없던 시절

발전된 현실과 비교하며
그 추억들은 그립기만 하다
농촌 마을에 농민들의 아픔

그 시절을 회상하며
보리밭을 밟아주며
정감을 가져본 추억이 생각난다

5부

고향생각, 보고 싶은 마음

가는 세월 안고 가리

세상을 사노라면
희망을 등에 업고 달려간다
뒤 돌아보면 무엇하나
앞만 보고 가야지

우여곡절 많기도 많아
이겨 내온 일상의 그늘에서
수많은 기억들 생각하며
심사숙고 하면서 달려간다

목적을 이루지 못한 순간들
흘러간 세월만 원망하며
자신의 운명이라 자각의 반성
새로운 선택을 희망의 길로 선정하라

가을 풍경 속에서

추수철이 찾아와서
황금색 들판에 풍경 속
오곡들을 수확기에
속성으로 완료된다

짐승들도 풍부한 먹이 사냥
추수가 지나고 나면
떨어진 오곡들 먹이가
풍부하여 들판이 요란하다

날짐승들은 서로 싸우며
먹고 나면 제 집 찾아간다
언제나 기러기 떼는 다르다
싸우며 먹고 나면

일렬을 지어 날아간다
잡새들의 먹이사냥을 보면
서로 싸우며 먹고 나면
소리 없이 날아간다

만화방창萬化方暢

겨울이 시들어 가면
무르익은 꽃들의 향기
발산하는 동산의 풍경 아름답다

만물이 힘이 솟고
향기는 제각각 다르다
등산객들을 영접한 꽃향기

동산에 올라가면
마음이 편하다
찔레꽃 향기는 더욱 좋다

한강변 겨울 풍경

눈보라 휘날리면
강변에 나가본다
흐르는 강물 위에
유람선 유유히 오락가락

해 저문 날이면
강변의 풍광이 새롭다
오색등불 찬란하고
강북 강남 너나없이 화려하다

길거리마다 휴식 장소에 모여
즐거운 시간을 보낸다
고수부지에는 꽃들이 나풀거리고
길손들에게 부드러운 미소로 인사한다

단풍 잎새

오색찬란한 빛으로
낙엽들은 소리 없이 떨어지고
단풍의 빛깔이 새롭다

낙엽은 훗날을 위해
밑거름 되려 하고
미련 없이 떨어진다

식목들은 겨울에 잠들어
후회 없이 차곡차곡 쌓이고
새로운 봄을 기대하리라

구례 수락폭포에서

눈물처럼 폭우가 쏟아지고 나서
산자락이 내려앉는다
폭포물이 진흙물을 토해내고
슬픔처럼 안개가 산자락을 넘어

내가 너를 넘는 듯
네가 나를 스치듯
내 슬픔에 네가 가고
네 슬픔이 바다로 흘러가

발끝에 닿을 듯한 물보라
바다도 너처럼 서글퍼
나만큼이나 슬픔 되새김질에
목메이는구나

내가 슬프다고
너조차 서러워
발끝을 높이 세운
바다를 울리면 어찌 하느냐

고향생각, 보고 싶은 마음

아련한 기억 속
그 언덕에도 비가 내려
빗소리 새 울음소리
돌담 넘어와 애꿎은
상념만 놓고 갑니다

커다랗게 웃자란
돌들의 흔들림이
마지막 인사치레로
넘실댑니다
오직 당신을 향한 그리움

이 작은 세월의 무게들이
라일락 잎을 스치듯 돌아들어
서서히 묵은 설음 토해 냅니다
우연한 흔적들을 쫓아
빛 방울에 실어봅니다

삼천포 해상 풍경

화력 발전소의 위풍
삼천포 해상의 기둥이 되어
시내 풍경도 조용한 도시
위상을 높이고 있다
해상의 풍광도 아름답구나

한려수도 전경도
추억의 그늘 되고
이순신 장군의 업적
역사 속 동상에
머리 숙여진다

왜적을 전멸시킨
거북선의 위풍
당당히 서 있고
천태만상의 역사를
간직하고 있다

한강변 서울숲 코스모스 길

아침 이슬 맺힌 서울숲
신선한 가을바람 호흡하며
달려간 한강변 서울숲 공원

서울숲 코스모스 꽃길
걸어가며 호흡하는 운동 장소
달리다 보면 숨이 차오르고

신선한 한강변 쉼터에는
많은 인파속 흐르는
강물을 바라보면서

마음이 평화롭구나
옛 추억도 회상 하면서
쉼터에 앉아 휴식을 한다

백제문화 유적지 관람

서기 660년 31대 의자왕사비
700년 동안 고유의 문화 꽃피워
동북아 문화교류 역할을 한
해상 강국 부여의 역사
백제인들의 지혜와
문학의 가치를 그려본다

부소산성은 백제의 도성으로
궁의 정원이 되었고
전시에는 방어성이 되었다
삼천궁녀 절개 지킨 낙화암
역사 속에 고란사와 고란초
백마강 흐른 물도 깊은 사연이 있다

삼국유사 기록 백제 문언에는
660년 백제여인들의 충절과 절개
흘린 피로 물들인 역사 기록이 있다
백마강 황포돛대 천년의 긴 역사다

백제문화 역사 기행

부여 천오백년의 긴 역사
백제 왕가 천년 세월
부소산성 낙화암
수많은 세월 지켜온

정림사지 오층 석탑
백제인들의 뛰어난 예술의 혼
소장의 근원을 본 역사
백제에 소장한 금동 향로

백제인들의 굳은 의지와
절개를 보여준 계백장군
삼천궁녀들의 절개 이야기
백제 무왕과 선화공주의 사랑

파고다 공원의 단상斷想

수많은 어르신들의 쉼터
파고다 공원의 역사를 그려보며
점심시간에 모여든 인파

옛 추억부터 현재까지도
독지가의 지원으로
점심 배부시간 어르신들의 괴로움

지방인들의 실상을 그려본다
자식들 교육에 전답 팔아 지원하고
실직의 고통에 부모들의 생계가

눈물로 세월 보낸 부모의 마음
세월이 흘러 갈수록 생업에
어려움 가중되어 부모님들은

먼 산만 바라보며 후회도 많았고
고향 찾아갈 수 없는 신세 되어
파고다 공원을 찾는 괴로움이다

부부의 정

활기 넘친 시기에
정은 애정이 넘칠 때고
사랑이란 미명 아래
정다운 삶이였는데

시들어간 인생의 끝막에는
무정 탑이 가로놓여
사랑은 멀어져간다
인생의 짧은 정 인 것 같구나

젊은 시절을 불 살리고
활기 넘칠 때 정감은 있으나
쇠약한 건강도 애정을 막는다
인생의 삶이란 그렇게 살다 간 것인가

새 봄을 맞는 식물들

엄동설한 지하에서
긴 여정을 움츠렸던
식물들의 생명

봄바람 밀려오니
힘이 솟아오르면서
소생하는 힘 대견하구나

봄이 되면 꽃나무들은
물이 올라 힘이 솟고
생명력이 활발해 진다

청풍명월清風明月

밝은 하늘 달뜨는 언덕
고요한 달밤에
마음은 울적하고

만사는 뒤에 두며
바람 부는 대로 서늘한 곳에 앉아
하루의 일상을 뒤 돌아본다

내일을 위해 준비를 하며
못 다한 일상을 심사숙고하면서
완수 작업을 점검해 본다

거제도 기행

남해의 큰 섬 거제도
자연 경관이 매력적이다
학동 동굴 해변이
몽돌 굴리는 소리

물결 따라 소리도 변하고
외도의 조각상은 바다의 배경
지중해풍의 건축물 앞에서
기념촬영 추억에 남는다

망망대해를 향해
자체만으로도 장관이다
망산 자락 흐르는 물결
조망하며 풍광을 그려 본다

초로와 같은 인생의 삶

초목들도 인생의 삶과
공생하는 듯 하다

생명의 근원은
삶과 생명력의 보존함이요

만물의 생명력은 영양의 근본이
보급에 따라 연장 할 수 있고

영양부족이면 존망이
결정 되는 생명체라

식물과 무엇이 다른가
생명을 연장하려는 것은

자체의 건강이라
생명력을 강화하는 것이다

제주도 의녀義女 김만덕 여사 존경심

제주 역사 속에 남겨진 의녀
김만덕 여사를 추모하며
보이지 않는 빛을 남겨두고
길이 보존하는 여인상

이 세상 여인들에게
정신무장의 힘을 남겨준 인물
김만덕 여사 추모하며
영원히 보존하리라

탐라문화 순고한 정신력
충렬이 살아 숨 쉬며
의녀 정신력에 감복하며
많은 여인들에게 교훈이 되리라

고독孤獨의 창

창 밖에 미루나무가
아름답게 보인 것은
그리 오래된 것이 아니었다
흘러가는 세월이

술 취해 깨우려고
창문을 열면 바람 소리
알리려는 순간에
나무로만 알았는데

반백이 다되고 넘어가는 세상
그렇게 흘러간 세월이
미루나무처럼 바람
소리에도 흔들리는구나

4월의 여인 목련화여

겨우내 백설의 순정을
한가지로 모아
고운 몸 달빛에
말갛게 싣고

여린 잎
손끝에 사랑으로 빌더니
남풍 따라 그리운 님
오신다는 소식에

사립문 앞서나가
백옥등 살포시 밝혀놓은
그림자 아니 그리워
사월의 여인 목련화여

6부

겨울 나그네

원점

인간은 부모님 은덕으로 태어나
성장하면서 지식세계로 넘나들며
무수한 세월 속에 빛과 그림자 속

금은보화만 노리다가
정상의 궤도에서 머물지 못하고
추풍낙엽처럼 물밑에 스며들면

눈앞에 다가온 허무감은
원점의 깃털을 보게 되겠지
권력의 빛은 순간에

천하를 호령하지만
권력은 돌고 돌아 빛을 잃을 때
천상에서 헤매는 춘풍이 되리라

겨울 나그네

은발의 겨울 나그네
시름없이 갈 곳 잃은 채
흐르는 세월을 잡으려 한다

발버둥 치며 애원하건만
인정사정없는 세월이라
무정하게 손짓만 하는구나

도망가듯 속인의 발걸음처럼
뒤돌아보지도 않고
이별의 여운만 남겨둔 채

가속으로 달려만 간다
옷깃 여미는 소리도 없이
비틀거리며 달려가는 나의 그림자

청산별곡 靑山別曲

맑은 물 흐르는 계곡
풍류 읊은 선비
가엾은 목소리

처량하게 들려오고
무슨 사연 그리 많아
그렇게 비가 끊이지 않나

석양의 언덕에서
한 맺힌 그리움 남기고
추억 속으로 스며들면

쓸쓸한 뒷모습이
그늘에 들어서며
마음속 허전함만 남기네

동백꽃 피는 언덕

고향마을 언덕에
조석으로 동구 밖
길손들에게 인사하며
만사형통을 기원해 주며
건강을 빈다

꽃의 향기는 없다 해도
화려한 모양새가 힘을 주고
사철 생기 발하고 있다
꽃 피는 계절이면
더욱 생기 넘친다

오랜 세월이 흘렀어도
오고간 길손들을 영접하며
옛 추억 속을 그립게 한다
친구들 모여 앉아 술타령하던 곳
자주 못간 아쉬움만 남긴다

영종도 용궁사 견학

천년의 고찰 용궁사
원효대사의 발자취
얼이 살아 숨 쉬는
창건의 정열이 만인들의
머릿속에 빌고 있네

고종의 등극전에
1300년 문무왕
고종의 역사 속
10년의 긴 여정에
숨 쉬는 용궁사의 역사

흥선대군 침거에
흔적 남기고
원효의 영정에
역사의 근원이 되어
백운산의 역사는 흐른다

원효의 발자취 속
은행나무 한 쌍이
긴 여정에도 불자의 기원에
보답하는 좌불상에 위상
흘러간 세월 따라 역사도 흘러간다

용궁사 역사도 흘러만 가고
풍상 속에 서린 끈기
버티고 서있는 웅장한 모습
고찰의 역사는 흐르고 있다

청명한 달밤

청명한 달밤에
하늘에는 별들의 빛
달빛과 어울려
발산하고 있다

목적의 길 앞에 멈춰선 것은
암울한 경제문제로다
속성으로 달려가려면
철벽이 가로막고 있다

가는 세월 뒤따라가려면
평화의 길이 보이지 않고
기대하는 마음은
강한 장벽에 보이지 않네

정이란 진실한 마음에서

인간 사회 복잡한 인록을
겉은 희고 속은 검은 양심
이중성격은 언제나 비양심

일상에서 연결된 인록은
오래가기 어렵고 조석변이라
진실을 찾을 수가 없다

인간 사회가 참된 마음
믿음은 순간일 뿐 변해버린 우정
남녀 간에도 진실을 찾는 건 어렵다

제주도 해변을 거닐며

긴 역사 속 간직한 해변가
쉼터에 앉아 먼 수평선을 바라보면
실바람에도 파도는 넘실거리고
파도는 일렁인다

위치에 따라 파도의 높이가 변한다
수천년의 곰보바위들을 보면서
조약돌이 많은 곳에는
고기잡이며 작은 고기를 잡을 수 있다

일렁이는 파도 출렁일 때
밤바람도 밀려올 때면
파도의 높이가 올라가며
어장 배들은 선창가로 몰려온다

제주도 천지연폭포에서

넓지도 않는 호수처럼
그 속에서 흘러나온 물줄기
흘러나온 물줄기 따라 보면
넓은 바다로 흘러간다

겨울 물 흐름이 폭포를 일구고
바다로 흘러간 물줄기가
수천년의 역사를 일구고
긴 역사를 말해 주고 있다

천혜의 절경 전설을 남겨주며
변함없이 흘러간 물줄기
목마른 대지 위에도
폭포에서 나온 물을 이용할 수 있다

무창포 해수욕장에서

섬으로 연결된 신비의 건널목
밀물이면 바다 속
바위가 보이지 않는데
썰물이면 바닥에 바위가
깔려있고 갯고동을 주워 담는다

간질환에 효력 있다는 풍설이 있기에
관광객들은 고동을 주워 담는다
추억들이 남겨놓은 풍설이다

무창포 해수욕장은
희귀한 바위들이 많고
물이 많이 빠져나갈 때면
썰물 보물창고다.

고향의 그림자

옛 산골 마을 들어서니
추억의 그림자 그대로이고
산은 옛 산 그대로인데
계곡 물소리도 추억을 그립게 한다

고요 속에 잠 들었던
흐른 물소리 처량하게 들리고
여름날의 추억들이 회상 해진다
나무그늘에 잠자던 기억이 새롭고

이슬 맺은 초목들도
아지랑이 눈부시던 그 시절
더위에 땀 흘린 농촌 풍경도
변화가 기계화 되여 속성 완료된다

한강을 바라보며

청산에서 살리라
정상에 올라서면
한강물 바라보며

흘러간 물 위에
유람선 유회하고
관객들 환호 속에
즐거움도 바라본다

유람선도 오락가락
강물 위에는 즐거움도 많고
태양이 서산으로
넘어가면 어둠이 찾아오고
야경의 풍경을 이룬다

찬란한 빛 속의 풍경을 보면서
즐거움을 갖는다

추풍秋風이 밀려오면

주마등처럼 밀려오는 가을바람
지나온 추억들이 아롱거리고
깊은 상념 속에서도
강변길을 거닐어 보며

만사는 뒤에 두고
흐른 강물 바라보면서
막혀버린 일상의 변화
잊으려 하면서도 잊지 못한

옛 시절 회상하며
추억 속에 그리움만
내 마음 얽혀 있고
이제와 보니 변화가 많네

바닷가 조약돌

수천 년의 역사 간직한
조약돌의 밀회
밀려온 파도 부딪치며
이리저리 굴리다가

모양새도 곱구나
밀려온 파도 물결이
힘을 주워 굴려주고
뒹굴면서 조약돌은 곱게 된다

태풍이 밀려오면
조약돌은 뒹군다
이리저리 뒹굴다
많은 세월이 지나면 빛이 난다

설악산 등산길에서

설악산 등산길에
갑자기 내린 함박눈송이
앞뒤도 보이지 않는 순간에

도로가 마비되고
움직일 수 없는 고통
쌓인 눈길 헤치고

큰길가로 나와
주막집 찾아 은신하면서
눈이 멈추기를 기다리는데

교통이 두절되니 갈 길이 멈추고
주막집에서 1박을 하며
다음날 하산하던 추억을 회상하였다

녹수綠水에 취해서

봄은 봄이로다
움츠린 초목들의 활기
힘을 내어 솟아올라오고

산새들도 자연풍에
장단 맞추어 노래 부른다
계곡 물소리는 쓸쓸히 들려온다

만물이 힘을 얻어
활기 넘친 풍경 속
새롭게 찾아온 봄소식

그리움

인간 세계는 외로울 때
그리움 속에서
추억을 그리워한다

허공을 바라보며
풀리지 않는 일상에서
적막 속을 헤쳐 보는 힘

가는 길이 멈춰서면
희망을 버릴 수 없는 마음
인내의 결실을 추구하며

막다른 골목까지
전진해 보려는 결심
끝은 내 마음속에 있다

운명의 길

만사를 망각 속에서
집념도 멈춰버리고
피해망상 속에서 벗어나
새로운 발걸음을 재촉한다

태풍이 밀려와도
용기를 버리지 말라
충고의 교훈 마음에 새기면서
굳은 의지 재 발동 하련다

인생의 삶 속에는
우여곡절 많기도 많아
내 마음에서 소멸하리라
운명의 길 새롭게 찾아간다

매화꽃은 만개하고

봄 동산에 매화꽃은 활짝 피고
산천의 풍경도 화려한 꽃들의 풍광
봄바람에 활기찬 식물들
꽃들은 만개하여 생동감 넘친다

머지 않아 벚꽃축제
전국 지역마다 환호성 폭발하고
봄기운이 솟아오른다
하늘에 기후변화도 평화롭구나

각박한 세상사를 바라보면
개인의 욕망 버리지 못한 세상
자각의 반성도 찾아볼 수 없는 마음
인간의 욕망이 이렇게 소중할까

신선초에 만사 망각 萬事 忘却

동산 정상에 올라가니
천지는 황홀한데
수목들은 힘이 솟고
산천의 풍경도 새롭구나

신선한 공기 호흡하며
만사를 망각하면서
건강이나 보호하며
어지러운 세상사도

맑은 공기 속에서
평화로운 발전이
활기 넘쳐 전진하도록
신선초나 섭취하며 가련다